4 Février 1886

99P

COLLECTION

DE

M. A. FOURNIER AINÉ

FÉVRIER 1886

CATALOGUE

DE LA

BELLE COLLECTION

DE

M. A. FOURNIER aîné

CÉRAMIQUE ANCIENNE

OBJETS D'ART — MEUBLES

Candélabres, Cartels et Statues

De l'époque Louis XVI

TAPISSERIES ANCIENNES

DONT LA VENTE AURA LIEU

HOTEL DROUOT, SALLE N° 3

Les Jeudi 4, Vendredi 5 et Samedi 6 Février 1886

A 2 HEURES PRÉCISES

Me Paul CHEVALLIER	**M. E. GANDOUIN**
COMMISSAIRE-PRISEUR	EXPERT
10, rue de la Grange-Batelière, 10	42, rue Le Peletier, 42

Exposition publique : Le Mercredi 3 Février 1886

DE 1 HEURE A 5 HEURES.

CONDITIONS DE LA VENTE

Elle sera faite au comptant.

Les Acquéreurs paieront CINQ POUR CENT en sus des adjudications, applicables aux frais.

L'Expert, chargé de la Vente, se réserve la faculté de réunir ou diviser les lots.

Les Tares et Défauts seront annoncés à chaque mise en vente des Objets.

En cas de contestation sur une enchère, l'Objet sera immédiatement remis en vente.

L'ordre numérique du Catalogue ne sera pas suivi.

Paris. — Imp. de l'Art. E. MÉNARD et J. AUGRY
41, rue de la Victoire, 41

Le Catalogue se distribue :

à **AMIENS** . . . . Chez M. LEFEVRE, antiquaire.

à **ARRAS**. . . . . — M. COSSIAU, rue des Trois-Faucilles.

à **BRUXELLES** . . — M. LAMPE, Expert des Musées royaux, rue Traversière, 82.

à **DOUAI**. . . . . — M. MAILLIEZ, rue de Valenciennes, 30.

à **LIÈGE**. . . . . — M. RENARD, rue Saint-Jacques, 1.

à **LILLE**. . . . . — M. CARLIER, rue Esquermoise, 7.

à **LONDRES** . . . — MM. CHRISTIE MANSON et WOODS, 8, King Street, Saint-James, S. W.

à **PARIS**. . . . . — Me PAUL CHEVALLIER, commissaire-priseur, 10, rue Grange-Batelière.

— — M. E. GANDOUIN, rue Le Peletier, 42, et au *Journal des Arts*, rue Le Peletier, 47.

à **ROUEN**. . . . . — M. LEFRANÇOIS, rue d'Amiens, 46.

à **VALENCIENNES**. — M. MAILLARD, rue Saint-Gery.

ORDRE DES VACATIONS

Le Jeudi 4 Février 1886.

Porcelaines de Chine et du Japon. .	Nos 109 à 300
	— 483 à 511

Le Vendredi 5 Février 1886.

Porcelaines de Chine et du Japon. .	Nos 301 à 400
— de Sèvres, etc.	— 1 à 108

Le Samedi 6 Février 1886.

Bronzes, Objets d'art, Meubles, Tapisseries	Nos 512 à 567
Porcelaines	— 401 à 482

L'ordre numérique du Catalogue ne sera suivi à aucune vacation.

DÉSIGNATION

PORCELAINES ANCIENNES

1 — **Sèvres.** *Baigneuse*, d'après FALCONNET.

Pâte tendre. — Haut., 32 cent.

Très belle statuette en biscuit, avec socle en pâte tendre, à cannelures décorées bleu et or.

2 — **Sèvres.** Petite écuelle et son plateau, décor polychrome de semé de roses et boutons avec filets d'or à pois. Pâte tendre, belle qualité, année 1777.

3 — **Sèvres.** Belle écuelle et son plateau, décorée polychrome, d'une zone jaune, d'une autre de guirlandes de feuilles et boutons de roses et de semé de fleurettes. Pâte tendre, très belle qualité, année 1779. Décorée par Tandart et dorée par Vincent.

4 — **Sèvres.** Belle écuelle et son plateau, décor polychrome de semé de bouquets au naturel. Pâte tendre, très belle qualité, année 1756. Décorée par Barbet.

5 — **Sèvres**. Assiette plate, décorée polychrome, le marli à reliefs imitant la vannerie, en bleu et or et à quatre réserves chargées, ainsi que le centre, de bouquets peints au naturel. Pâte tendre, belle qualité, annee 1757. Décorée par Fontaine.

6 — **Sèvres**. Assiette plate, décorée polychrome, le marli à fond vert œils de perdrix à gros point d'or ; au centre, oiseau perché sur un arbrisseau. Au revers, écrit en bleu : *le Col nud de Cayenne*. Pâte tendre, belle qualité, année 1791. Décorée par Lebel aîné.

7 — **Sèvres**. Assiette plate, très riche décor polychrome et or, le marli chargé de guirlandes de roses et de guirlandes de feuillages en or et vert, entrelacées ; le fond orné d'une large zone pointillée d'or et d'œils de perdrix bleus ; au centre, couronne de feuillages et rosace en or. Pâte tendre, très belle qualité, année 1769.

8 — **Sèvres**. Assiette plate, décor polychrome de semé de roses, le marli de colliers à œils de perdrix et petites rosaces orné de trois réserves chargées de roses. Pâte tendre, année 1769.

9 — **Sèvres.** Assiette plate, décorée de zones à fond bleu ornemanées d'or, le marli ainsi que le centre de bouquets de fleurs diverses peints au naturel. Pâte tendre, fin du XVIIIe siècle. (Éclat au bord.)

10 — **Sèvres.** Assiette plate, décor polychrome, roses et boutons, le marli orné d'une couronne de feuillages. Pâte tendre, année 1769. Décorée par Chapuis aîné.

11 — **Sèvres.** Tasse et soucoupe forme trembleuse, décor de zones à fond ardoisé relevé d'or et de guirlandes de fleurs au naturel. Pâte tendre, belle qualité, année 1780. Décorée par Capelle.

12 — **Sèvres.** Tasse et soucoupe forme cul de poule, décor polychrome, zone à rayures roses, de caissons bleus alternés de rosaces relevées d'or et de guirlandes de feuillages au naturel. Pâte tendre, belle qualité, année 1766. Décorée par Thévenet père. (Éclat au bord supérieur.)

13 — **Sèvres.** Tasse et soucoupe, haute forme ovoïde, à anses détachées dorées, décor bleu empois, semé de pois d'or et laissant des

réserves ornées de bouquets au naturel. Pâte tendre, époque de la République française. Signé en or des lettres G. I. Décorée par La Roche.

14 — **Sèvres.** Tasse et soucoupe forme cul de poule, décor polychrome, dit à la feuille de chou, bouquets et trophées, instruments de musique. Pâte tendre, très belle qualité, année 1766. Décorée par Buteux père.

15 — **Sèvres.** Tasse et soucoupe, même forme, décor polychrome, guirlandes de fleurs et ceintures dont une bleue pointillée. Pâte tendre, belle qualité, année 1768.

16 — **Sèvres.** Tasse et soucoupe forme droite, décor polychrome de zones bleu rouge et stries bleu et or alternées, ainsi que de guirlandes de feuillages. Pâte tendre. Décorée par Capelle (1779 ?).

17 — **Sèvres.** Tasse et soucoupe forme bol, décor polychrome d'arabesques, oiseaux, fleurs et zones de fond violacé semé de pois d'or. Belle qualité, année 1787. Décorée par Mirault aîné.

18 — **Sèvres**. Tasse et soucoupe, même forme, décor polychrome de fleurs et zones en bleu de roi, semées de pois d'or. Pâte tendre. Période de la République française, marque V. (Vandé?)

19 — **Sèvres**. Tasse et soucoupe, forme dite cul de poule, décor polychrome semé de bouquets. Pâte tendre, année 1763. Décorée par Buteux fils et Tardi.

20 — **Sèvres**. Petite tasse et soucoupe de mêmes formes, décor polychrome, bouquets. Pâte tendre. Décorée par Fouré.

21 — **Sèvres**. Tasse forme cul de poule, décor polychrome, paysage et fruits divers. Soucoupe en pâte dure, ornée d'un paysage dans le goût de J. Vernet. Pâte tendre, belle qualité, marque LL enlacés.

22 — **Sèvres**. Tasse droite à couvercle et anses détachées, fond vert à rehauts d'or, orné de réserves chargées de groupes de fleurs et fruits. Pâte tendre, belle qualité, année 1767. Décorée par Pierre aîné.

23 — **Sèvres**. Deux tasses droites, fond bleu de roi rehaussé d'or, ornées de réserves,

décorées en polychrome d'oiseaux et branches de feuillages. Pâte tendre, marque LL enlacés. Décorée par Levé père.

24 — **Sèvres.** Théière, décor polychrome oiseaux exotiques et paysages. Pâte tendre, belle qualité; vers 1770.

25 — **Sèvres.** Pot à lait à trois pieds, fond bleu de roi chargé d'œils de perdrix en or, la panse ornée de guirlandes de fleurs au naturel. Pâte tendre, marque LL enlacés. Décor de Pfeiffer.

26 — **Sèvres.** Petite théière, décor polychrome semé de bouquets au naturel. Pâte tendre, année 1760, décorée par Bailly fils.

27 — **Sèvres.** Pot à lait, décor en camaïeu bleu, guirlandes de fleurs sur un treillage bleu et or. Pâte tendre, année 1757.

28 — **Sèvres.** Sucrier, décor polychrome semé de bouquets au naturel. Pâte tendre, année 1771. Décoré par Sioux aîné.

29 — **Sèvres.** Sucrier, décor polychrome semé de bouquets au naturel et de filets bleus poin-

tillés d'or. Pâte tendre, année 1788. Signé N. B.

30 — **Sèvres.** Salière de forme ovale à deux récipients, décor polychrome d'oiseaux au naturel. Pâte tendre, fin du XVIIIe siècle.

31 — **Sèvres.** Crachoir, fond bleu turquoise avec réserves entourées d'or, décorées d'oiseaux. Pâte tendre, marque L L enlacés.

32 — **Sèvres.** Petit plateau, bord relevé très festonné, décor polychrome de bouquets au naturel. Pâte tendre. Décoré par Capelle.

33 — **Vincennes.** Saladier à bords festonnés et surface godronnée, décor polychrome de bouquets de fleurs et paysages avec ruines. Pâte tendre de fabrication antérieure à 1752.

34 — **Sèvres.** Plateau rond contourné provenant d'un drageoir, décor dit à la feuille de chou et semé de bouquets au naturel. Pâte tendre, année 1755. Décoré par Thevenet père.

35 — **Sèvres.** Cinq soucoupes, décors divers. Pâte tendre, années différentes.

36 — **Sèvres.** Paire de vases en biscuit, forme Médicis surbaissée, la ceinture ornée d'enfants en reliefs, à anses détachées doubles supportées par des têtes de chèvres. Socles carrés mobiles ornés de bas-reliefs à sujets allégoriques. Époque du premier Empire.

37 — **Sèvres.** Très belle plaque représentant Homère et les héros de l'*Iliade* et de l'*Odyssée*. Personnages en biscuit sur fond bleu. — Haut., 17 cent.; larg., 41 cent.

38 — **Sèvres.** Belle soupière, décor polychrome; le couvercle manque.

39 — **Sèvres.** Paire de vases, forme ovoïde, montures en bronze ciselées et dorées. Décor de bouquets à fleurettes de tons variés. Pâte tendre. — Haut., 25 cent.

40 — **Saint-Cloud**. Chien carlin assis, placé sur une monture en bronze doré et ciselé de l'époque Louis XV. Cette statuette représente un carlin peint jaune de Chine, les yeux, oreilles et gueule peints rouges, la robe tachetée de brun. Pâte tendre, pièce exceptionnellement rare et d'une superbe qualité. — Haut., 18 cent.

41 — **Saint-Cloud**. L'Astronomie. Statuette de femme assise; à ses pieds, un amour couché écrit sur un livre. Pâte tendre. — Haut., 21 cent.

42 — **Saint-Cloud.** Magot assis, pâte tendre. Le bras droit et la tête levés, riant, le siège et le socle en bronze ciselé doré. — Haut., 21 cent.

43 — **Saint-Cloud**. Petite potiche sans couvercle, ornée sur la panse de guirlandes en relief. Pâte tendre.

44 — **Chantilly**. Assiette, bord échancré, le marli à reliefs, à grains d'orge, décoré au centre d'un amour tenant des grappes de raisin en camaïeu violet.

45 — **Chantilly.** Seau à anses horizontales détachées, formées par des dragons, décor polychrome, personnages de goût chinois. Pâte tendre, très belle qualité, marque rouge.

46 — **Chantilly**. Deux petites tasses forme conique, décor polychrome de fleurettes, goût chinois. Pâte tendre, marque rouge.

47 — **Chantilly.** Verrière à décor de fleurs en

camaïeu bleu et anses détachées. Pâte tendre. — Larg., $0^{m},32$.

48 — **Tournai**. Assiette plate, bord festonné, le marli alterné de parties à grains d'orge; les réserves imitant une coquille sur fond bleu; au centre, groupe d'amours en camaïeu rose. Pâte tendre. Époque Louis XV.

49 — **Mennecy**. Pot à crème, surface godronnée, torse décor polychrome, fleurs. Pâte tendre. Époque Louis XV.

50 — **Venise**. Paire de seaux à oreillons en relief, décorés de paysages, en camaïeu rose, ceintures à fond bleu rehaussées d'or et feuillages en or. Pâte tendre. — Haut., 16 cent.

51 — **Tournai**. Assiette plate à bords contournés, marli orné de fleurettes en or; au centre, une armoirie polychrome. Pâte tendre, très belle qualité. Époque Louis XVI.

52 — **Worcester**. Bol à bord contourné, surface godronnée, décor polychrome, bouquets et insectes; au fond, paysage avec moulin à eau. Belle qualité, marqué au croissant.

53 — **Schelsea.** Paire de saucières forme conque à reliefs rocaille, fond jaune orné de réserves entourées d'ornements roses chargés, de groupes d'oiseaux. Pâte tendre, échantillons rares.

54 — **Derby.** Tasse et soucoupe fond rose, à reliefs de godrons cerclés d'or.

55 — **Venise.** Tasse et soucoupe forme cul de poule, décor polychrome, vues de parc. Pâte tendre. Époque Louis XVI.

56 — **Venise.** Tasse et soucoupe forme bol, décor de paysages en camaïeu rose. Pâte tendre. Époque Louis XVI.

57 — **Venise.** Tasse et soucoupe même forme, décor polychrome de fleurs et marli à écailles cerclé d'or dans le goût de Saxe.

58 — **Naples.** Tasse et soucoupe forme bol, décor polychrome sur fond rose, personnages chinois. Fabrique de Capo di Monte.

59 — **Naples.** Deux socles ronds, décors polychromes, bases carrées : Paysages et Amours. Fabrique de Capo di Monte.

60 — **Burslem.** Très joli vase de forme ovoïde à anses relevées supportées par des masques barbus, fond bleu cendré, orné sur la panse d'une ronde de Muses en relief, d'acanthes et arabesques. Fabrication de Wedgwood.

61 — **Burslem.** Deux plateaux de forme rectangulaire à angles tronqués, fond bleu cendré, ornés de statuettes, palmettes et guirlandes de roses en biscuit à relief. Fabrication de Wedgwood.

62 — **Burslem.** Paire de petits vases forme Médicis, à reliefs, guirlandes et têtes de taureaux. Fabrication de Wedgwood.

63 — **Saxe.** Paire de flambeaux, goût rocaille. Très belle qualité. — Haut., 25 cent.

64 — **Saxe.** Belle écuelle, fond vert d'eau orné de réserves cerclées d'or, chargées de bouquets peints au naturel ; anses de branchages détachées, reliées par des fleurs en relief. Très belle qualité.

65 — **Saxe.** Corbeille ronde ajourée imitant un travail de vannerie, fleurettes bleues en relief. Belle qualité. Époque Louis XV.

66 — **Saxe**. Paire de petits vases à ornements en relief de goût rocaille, peints polychrome et dorés, ornés sur la panse de bouquets peints au naturel sur des réserves. Époque Louis XV.

67 — **Saxe**. Vase formant buire avec socle mobile à reliefs de goût rocaille, décor polychrome ; la panse du vase ajourée imite un travail de vannerie avec fleurettes en relief. Très belle qualité. Époque Louis XV.

68 — **Allemagne**. Petite plaque ou tableau rectangulaire avec cadre en relief représentant des bergers près d'une fontaine. Belle qualité. Époque Louis XVI.

69 — **Saxe**. Petite théière de goût rocaille, fond jaune citron à réserves bordées d'or, ornées de bouquets peints au naturel, Belle qualité. Époque Louis XV.

70 — **Saxe**. Belle théière de goût rocaille, ornée, sur la panse en polychrome, de sujets d'amours Belle qualité. Époque Louis XV.

71 — **Saxe**. Deux tasses et soucoupes forme

bol. Mêmes décor et qualité que le numéro précédent.

72 — **Saxe**. Tasse et soucoupe de même forme; décor analogue, à sujet d'animaux. Mêmes qualité et époque que le numéro 71.

73 — **Saxe**. Tasse et soucoupe, forme dite quatre feuilles, fond rose à réserves ornées de paysages et ports de mer. Très belle qualité. Époque Louis XV.

74 — **Saxe**. Autre de même forme, mais droite, fond rose, décor en réserves de paysage. Très belle qualité. Époque Louis XV.

75 — **Saxe**. Tasse et soucoupe forme bol, fond rose à réserves ornées de personnages. Très belle qualité. Époque Louis XV.

76 — **Saxe**. Deux tasses et soucoupes, décor de guirlandes de fleurs au naturel. Belle qualité.

77 — **Saxe**. Tasse, soucoupe et cuiller à surface extérieure en relief imitant une rose et décor rose. Époque Louis XVI.

78 — **Saxe**. Ravier en forme de feuille, à reliefs

peints roses imitant une pivoine avec des feuilles. Époque Louis XVI.

79 — **Saxe.** Petite bonbonnière en forme de chou, décoré au naturel. Époque Louis XV.

80 — **Saxe.** Paire de petits vases à couvercles surmontés d'un escargot peint au naturel, la panse ornée d'insectes. Belle qualité.

81 — **Saxe.** Deux tasses et soucoupes forme bol, décor de bouquets en camaïeu vert. Époque Louis XV.

82 — **Saxe.** Deux tasses et soucoupes forme bol, fond jaune, décor de paysages et personnages en camaïeu rose. Époque Louis XVI.

83 — **Saxe.** Tasse et soucoupe forme cul de poule, décor polychrome de bouquets.

84 — **Saxe.** Assiette plate, le marli à lambrequins, décoré d'écailles en rose, le fond de personnages en camaïeu vert. Très belle qualité.

85 — **Saxe.** Trois plats à marli chantourné et

godronné, décoré rose, avec arabesques; au centre, peints au naturel, un kanguroo, un lynx, un canard d'Inde. Très belle qualité.

86 — **Saxe**. Petit plateau ovale, décoré au naturel de bouquets de fleurs.

87 — **Saxe**. Écuelle, décor polychrome de bouquets de fleurs, le couvercle surmonté d'une poire. Belle qualité.

88 — **Saxe**. Écuelle et plateau, décor polychrome d'oiseaux et feuillages; le couvercle manque. Belle qualité.

89 — **Saxe**. Citron-bonbonnière, décoré au naturel, le couvercle orné d'un branchage.

90 — **Saxe**. Assiette, décor polychrome, le marli orné de quatre bouquets; le centre représente Rébecca et Éliezer à la fontaine en costume hollandais. Louis XVI. Échantillon curieux.

91 — **Saxe**. Matelot assis, bourrant sa pipe (petite statuette), décor polychrome. Époque Louis XV.

92 — **Saxe.** Saint Joseph portant l'Enfant, statuette décorée au naturel. Époque Louis XV.

93 — **Saxe.** Compotier, le marli en relief imitant la vannerie, décor polychrome de bouquets de fleurs. Époque Louis XV.

94 — **Saxe.** Autre, de même époque, décoré de fleurs en polychrome.

95 — **Saxe.** Deux tasses et soucoupes forme bol, décor polychrome, fleurs rehaussées d'or. Époque Louis XV.

96 — **Saxe.** Tasse et soucoupe, forme d'une fleur, décor polychrome semé de bouquets : et une tasse et soucoupe de même époque, à sujets de personnages.

97 — **Saxe.** — ÉPOQUE DE CHARLES-THÉODORE. — Deux tasses, formes différentes, et soucoupes, décor rose, personnages dans le goût de Lancret. Époque Louis XV.

98 — **Saxe.** Paire de petits vases formant flacon, à reliefs de goût rocaille, ornés d'ornements et de têtes de béliers, décor polychrome et or. Époque Louis XV.

99 — **Saxe.** Pipe : tête de Turc coiffée d'un fez, décor au naturel.

100 — **Saxe.** Quatre tasses et soucoupes, décor polychrome, bouquets de fleurs.

101 — **Hochst.** Tasse et soucoupe, forme cul de poule, décor polychrome. Paysage. Époque Louis XVI.

102 — **Venise.** Tasse et soucoupe, forme bol, décor polychrome, fleurs, ornements et paysage.

103 — **Vienne.** Tasse droite et sa soucoupe, décor polychrome, Jupiter et Léda.

104 — **Vienne.** Pot à lait, décor polychrome de lambrequins roses à écailles et sujets d'animaux peints au naturel. Belle qualité. Époque Louis XV.

105 — **Berlin.** Socle rond à trois bas-reliefs, trophées d'instruments de musique. Epoque Louis XVI.

106 — **Hochst.** Deux tasses et soucoupes, forme bol, décor polychrome, fleurs et paysages.

107 — **Hochst.** Deux autres, époque Louis XV, décor polychrome, ornements, fleurs et oiseaux.

108 — **Sèvres.** Trois plaques : Sacrifice à Cérès (fracturée); deux autres : Hébé. — Sujets en biscuit sur fond bleu.

PORCELAINES ANCIENNES

DE LA CHINE ET DU JAPON

109 — **Japon.** Paire de grandes et belles potiches décor polychrome chrysanthemo-paeonien rehaussé d'or. Très belle qualité. (Percées.) — Haut., 67 cent.

110 — **Japon.** Très beau plat, décor polychrome, à marli plein fond bleu chargé de deux réserves ornées de chrysanthèmes. Au centre, beau vase de fleurs. Très belle qualité, à rehauts d'or. — Diam., 55 cent.

111 — **Japon.** Très beau plat, décor polychrome; le marli à fond bleu est chargé de huit réserves à décor de chrysanthèmes or et rouge; au centre, vase de fleurs. Très belle qualité. — Diam., 55 cent.

112 — **Japon.** Très beau plat, décor polychrome, le marli à fond bleu rehaussé d'or, chargé de réserves ornées de fleurs; au centre, bambous et oiseaux. — Diam., 55 cent.

113 — **Japon**. Autre, le marli orné de réserves décorées de paysages. — Diam., 55 cent.

114 — **Japon**. Paire de cornets, décor plein vermicellé bleu, à réserves ornées en polychrome du Fong-hoang. Très belle qualité. — Haut., 42 cent.

115 — **Chine**. Paire de potiches à fond rose, ornées de fleurs en polychrome et de lotus en rose, chargées de réserves décorées de dragons et paysages alternés. Très belle qualité. Époque de Kien-Long, 1re période. — Haut., 44 cent.

116 — **Chine**. Paire de potiches, décor polychrome, rochers, fleurs et fong-hoang. Très belle qualité. Époque de Kien-Long, 1re période. (Un couvercle et un orifice ébréchés.)— Haut., 44 cent.

117 — **Chine**. Deux bouteilles décorées de trois chiens de Fô peints en manganèse et rouge de fer. Très belle qualité. Époque des Ming. — Haut., 42 cent.

118 — **Chine**. Paire de potiches, décor polychrome de personnages : marche triomphale

de l'impératrice Liou-Tseu. Très belle qualité. Époque des Ming. — Haut., 42 cent.

119 — **Chine**. Paire de potiches, décor polychrome, feuillages, fleurs et du Fong-hoang. Les couvercles manquent. — Haut., 39 cent.

120 — **Chine**. Cornet à panse renflée, décor de mêmes qualité et époque que le numéro précédent. — Haut., 45 cent.

121 — **Chine**. Très beau cornet à panse renflée, orné sur le col et la panse de personnages polychromes. Très belle qualité ; 1re période de Kien-Long. — Haut., 445 millim.

122 — **Chine**. Beau vase rouleau orné sur la panse de femmes jouant. Très belle qualité. Époque de Kang-hi. — Haut., 45 cent.

123 — **Chine**. Vase-rouleau, décoré polychrome, sur la panse, d'un mandarin rendant la justice. Très belle qualité. Première époque de Kien-Long. — Haut., 42 cent.

124 — **Chine**. Très belle bouteille ornée au col, sur la panse et à la base, de zones décorées en

polychrome de fleurs et arabesques et au col des Koua. Très belle qualité. Époque des Ming. — Haut., 47 cent.

125 — **Chine.** Cornet hexagonal décoré alternativement d'inscriptions, d'arbustes, oiseaux et de sujets à personnages. Très belle qualité. Époque des Ming. — Haut., 45 cent.

126 — **Chine.** Bouteille carrée, décor polychrome, à fond vert chargé de réserves carrées et en éventail, ornées du chien de Fô et de paysages. Belle qualité. Époque de Kang-Hi. — Haut., 48 cent.

127 — **Chine.** Cornet à panse centrale renflée, gravé sous couverte de céladon gris laissant huit réserves décorées de paysages en bleu et rouge. Très bel échantillon. Époque des Ming. Signature à la feuille.

128 — **Chine.** Vase-rouleau, décor polychrome, orné d'un dragon chimérique (Kilin), peint vert. Époque de Kien-Long. Première période. Ébréché à l'orifice.

129 — **Chine.** Vase ovoïde à col long évasé, décor polychrome pointillé, laissant trois

réserves ornées d'une femme avec plusieurs enfants. Très belle qualité. Époque de Kang-Hi. (Petite fêlure sur la panse.) — Haut., 46 cent.

130 — **Chine.** Cornet à panse renflée, décor polychrome de personnages sur le col et la panse. Scènes de la vie de Ta-Ming. Très beau vase d'une très belle qualité. — Haut., 36 cent.

131 — **Chine.** Bouteille à large panse renflée, décor polychrome. Lambrequins et insectes. (Col tronqué.) Bonne qualité. Époque de Kien-Long.

132 — **Chine.** Bouteille forme coloquinte, à surface d'hexagones en relief, séparés par un ton vert et ornés de bouquets de fleurs en polychrome. (Col tronqué.) Belle qualité. Époque des Ming. — Haut., 38 cent.

133 — **Chine.** Bouteille de même forme, décor polychrome de bouquets de fleurs et papillons. Époque de Kang-Hi. — Haut., 45 cent.

134 — **Chine.** Bouteille; le col orné en fond vert et réserves quadrillées; la panse quadril-

lée en losanges verts laisse des réserves ornées de fleurs et trois chiens de Fô gravés sous couverte au rouge de fer. Époque des Ming. — Haut., 38 cent.

135 — **Chine.** Potiche de forme surbaissée, à godrons verticaux cerclés de rouge, décor polychrome, fleurs, insectes et oiseaux. (Sans couvercle.) Très belle qualité. Époque des Ming. — Haut., 26 cent.

136 — **Chine.** Potiche de forme surbaissée, fond vert à quatre grandes réserves ornées de sujets variés, fleurs aquatiques, terrestres, arbre pêcher et chrysanthèmes. Très belle qualité. Époque de Ting-Hoa.

137 — **Chine.** Paire de potiches de forme bonbonne surbaissée, décor polychrome : Dragon sortant des eaux. Très belle qualité. Époque des Ming.

138 — **Chine.** Très beau vase de forme hexagonale, décor polychrome. Ce vase est à double paroi ; l'extérieure réticulée au col et sur chaque face, travail alterné, laisse en réserve un médaillon décoré de personnages. Vase très curieux, d'une très belle qualité et en très

bel état de conservation. Époque de Kien-Long. — Haut., 34 cent. 1/2.

139 — **Chine.** Paire de grands bols, à couvercle (ou sucriers), riche décor polychrome de fleurs et feuillages en plein. Très belle qualité. Époque de Thing-Hoa. — Haut., 24 cent.; diam., 24 cent.

140 — **Chine.** Vase-cornet, décor polychrome, branchages et feuillages dans lesquels sont grimpés des enfants. (Fêlure à l'orifice.) Très belle qualité. Époque des Ming. — Haut., 36 cent.

141 — **Chine.** Soupière et son plat, forme ronde, très beau décor polychrome d'ornements renfermant des poissons et oiseaux entourés de fleurs et fruits. Belle qualité. Époque de Kien-Long. Première période.

142 — **Chine.** Soupière hexagonale avec son plateau, décor polychrome, personnages dans des réserves en forme de feuille sur fond vermicellé or, les anses et les boutons figurant des chiens de Fô. Très belle qualité. Période de Kien-Long.

143 — **Chine**. Bouteille à col court, très large panse, décor polychrome de personnages assis. Fabrication de la province de Corée. Époque de Kien-Long. — Haut., 24 cent.

144 — **Chine.** Vase, forme ovoïde, décor polychrome à trois caissons, ornés de fleurs, arbrisseau et bambous. Fabrication coréenne, très belle qualité. Époque des Ming. — Haut., 23 cent.

145 — **Chine.** Paire de bouteilles carrées, décor polychrome de vases et fleurs. Belle qualité. Époque de Ta-Tsing. — Haut., 28 cent.

146 — **Chine.** Garniture de cinq pièces, trois potiches, deux cornets), très riche décor polychrome représentant en relief, dans la pâte et peints au naturel, des arbres chargés de grenades se détachant sur un fond vermicellé rose ; les couvercles surmontés du chien de Fô dorés. Très belle qualité. Première époque de Kien-long. — Haut., 30 cent.

147 — **Chine.** Paire de petits vases-rouleaux, décor polychrome en trois caissons de fleurs et arbustes. Très belle qualité. Époque de Kang-Hi.

148 — **Chine**. Très joli vase, forme balustre, le col renflé, décor polychrome corbeilles de fleurs. Très belle qualité. Époque des Ming. — Haut., 24 cent.

149 — **Chine**. Paire de bouteilles à col court, très large panse, décor polychrome, grenades, fleurs et oiseaux. Fabrication coréenne. Epoque de Kang-Hi. — Haut., 21 cent.

150 — **Chine**. Petite potiche, décor polychrome fond vert à caissons décorés de bouquets de fleurs. Très belle qualité. Époque des Ming.

151 — **Chine**. Paire de cornets, fond rose, avec deux réserves chargées de fleurs polychrome. Époque de Kien-Long. (Tronqués au sommet, l'un d'eux est fêlé.) Monture en bronze doré.

152 — **Chine**. Vase à sacrifice, forme rectangulaire, sur socle fixe, à surface bombée, et quatre pieds, décor polychrome, sur fond bleu et rose, de fleurs du Koua et d'oiseaux (fong-hoang). Manque les anses et le couvercle. Très belle qualité. Époque de Kien-Long.

153 — **Chine.** Petite potiche, émail céladon, décor polychrome fleurs. (Fêlure à l'orifice.) Curieux échantillon. Époque des Ming. — Haut., 27 cent.

154 — **Chine.** Paire de petits vases-rouleaux, émail tacheté dit arlequin, tons violet, vert et jaune et la panse ornée de personnages au manganèse. (Fabrication dite Ouan-lou-Hoang.) Pièces cuites au grand feu, fabrication de la province de Fizen — Haut., 24 cent.

155 — **Chine.** Petit vase ovoïde, émail céladon clair, décor polychrome fleurs. Époque des Ming. — Haut., 17 cent.

156 — **Chine.** Potiche, céladon gris, à réserves ornées de bouquets, dragons et fong-hoang en relief, peints bleu et manganèse; col rogné. Très belle qualité. Époque des Ming. Signature à la feuille.

157 — **Chine.** Vase forme bonbonne, céladon bleu craquelé, à feuilles et fleurs en relief, peints bleu et manganèse. Les anses rognées. Très belle qualité. — Haut., 21 cent.

158 — **Chine.** Cornet ou pi-tong, formé de

bambous et arbres (pêchers), émail céladon bleu cendré. Très belle qualité, forme très curieuse.

159 — **Chine.** Cornet en forme de tonnelet, céladon gris craquelé, orné de deux ceintures de points bleus.

160 — **Chine.** Petite potiche ovoïde, céladon bleu empois, la panse ornée de deux réserves décorées de modèles gravés sous couverte. Très belle qualité. Époque de Thing-Hoa.

161 — **Chine.** Petite potiche, céladon gris craquelé, ornée de deux zones et masques de chien de Fô en brun.

162 — **Chine.** Théière en forme de pêche, le bec orné de feuillages en reliefs, peints bleu et brun sur émail céladon.

163 — **Chine.** Autre de mêmes qualité et décor, l'anse et le bec ornés de feuillages en reliefs, peints de même.

164 — **Chine.** Très jolie petite bouteille, décor polychrome dit de modèles. Très belle qualité. Époque des Ming. — Haut., 21 cent.

165 — **Chine.** Paire de petites bouteilles de mêmes forme et époque que le numéro précédent, ornées sur la panse de trois chiens de Fô et de personnages polychromes; cols tronqués. Très belle qualité.

166 — **Chine.** Théière d'une très jolie forme, la panse et le col ornés de fleurs en polychrome. Époque des Ming.

167 — **Chine.** Théière de la même époque que la précédente, décor polychrome de branches de pêcher.

168 — **Chine.** Vase, fond rouge corail, orné de dessins en or laissant trois réserves ornées de personnages en polychrome; col tronqué recollé à la base. Époque de Kien-Long.

169 — **Chine.** Petite bouteille, dessin gravé sous couverte, fond jaune, chiens de Fô et nuages. Fabrique de la province de Fizen. Époque de Kien-Long.

170 — **Chine.** Petite potiche, décor bleu et manganèse, fond de sapèques avec réserves ornées de fleur de lotus et chrysanthèmes.

171 — **Chine.** Petit cornet, fond vert, orné de fleurettes et de chevaux; pièce rognée. Qualité très rare. Époque antérieure aux Ming.

172 — **Chine.** Bouteille, ornée sur la panse d'une double armoirie en polychrome, surmontée d'un cimier à tête d'éléphant.

173 — **Chine.** Chien de Fô sur socle carré, décor polychrome, le socle quadrillé à fleurettes jaunes. Très belle qualité. Époque des Ming. — Haut., 32 cent.

174 — **Chine.** Autre plat plus petit que le précédent, le dos surmonté d'un cornet, émaux turquoise, manganèse et jaune.

175 — **Chine.** Paire de poules couchées, avec poussin, émail jaune, vert et manganèse. (Quelques fractures.) Très belle qualité dite Ouan-Lou-Hoang. Époque des Ming.

176 — **Chine.** Paire de mulets, de même époque et décorés de même. (Une tête fracturée.)

177 — **Chine.** Personnage couché appuyé sur une potiche, mêmes émaux et époques.

178 — **Chine**. Louis XIV, statuette, décor polychrome; les mains et le chapeau en ivoire sculpté. — Haut., 25 cent.

179 — **Chine**. Le Dauphin, statuette, coiffé d'une perruque; décor polychrome ; les mains en ivoire sculpté. — Haut., 23 cent.

180 — **Chine**. Paire de personnages assis, les vêtements peints en bleu; ils tiennent de la main droite une pêche et de la gauche un vase. Époque des Ming.

181 — **Chine**. Divinité assise (Pou-Taï). Pâte tendre, émail blanc; ce dieu est représenté assis, riant.

182 — **Chine**. Divinité assise (Pou-Taï); ce dieu est représenté assis, relevant sa robe de la main droite et la gauche tenant un chapelet. La robe émaillée violet est décorée de rosaces en noir. Époque de Kien-Long.

183 — **Chine**. Paire de groupes de personnages assis près l'un de l'autre, riant, les vêtements polychromes et tenant, l'un un sceptre à fleurs de lotus, l'autre une boîte ronde. Fabrique de Fizen.

184 — **Chine**. Petite statuette assise, émail bleu turquoise (Pou-Taï.)

185 — **Chine**. Petit groupe de personnages analogues au n° 183 ; émail turquoise.

186 — **Chine**. Petite bouteille émail turquoise, très belle qualité.

187 — **Chine**. Petit cornet pi-tong ajouré, branchages et rochers, émail turquoise.

188 — **Chine**. Autre de mêmes couleur et qualité, gravé sous couverte.

189 — **Chine**. Autre de mêmes couleur, qualité et travail, émail turquoise foncé.

190 — **Chine**. Petit vase émail turquoise craquelé. Très belle qualité, col rogné.

191 — **Chine**. Très belle bouteille à large panse, surface gravée, arabesques et fleurs, très bel émail turquoise foncé, craquelé. Pièce superbe d'une qualité excessivement rare. — Haut., 29 cent.

192 — **Chine.** Petit cornet pi-tong, à surface striée imitant une base de bambou, avec tige et feuillages en relief, émail turquoise craquelé.

193 — **Chine.** Cornet ou pi-tong ajouré, orné de feuillages et troncs d'arbres, gravé sous couverte, émail turquoise.

194 — **Chine.** Petit vase forme balustre à col court, émail bleu empois. Très belle qualité.

195 — **Chine.** Petit vase forme ovoïde ; orifice évasé, émail soufflé de différents tons, dit arlequin. Époque de Kien-Long.

196 — **Chine.** Petit vase à col tronqué, fond jaune impérial, gravé avec fleurettes en polychrome. Époque de Kien-Long.

197 — **Chine.** Petite bouteille, décorée au manganèse de trois chiens de Fô. Très belle qualité. Époque de Kien-Long.

198 — **Chine.** Petite bouteille, forme coloquinte, émail capucine avec réserves, ornée de bouquets en bleu.

199 — **Chine.** Très joli petit vase à long col, orné d'anses ajourées verticales figurant des Dragons, gravé sous couverte et décoré en bleu. Époque de Kien-Long.

200 — **Chine.** Petit vase céladon gris craquelé. Époque de Kien-Long.

201 — **Chine.** Petit vase forme bonbonne surbaissée avec ceinture articulée, surface gravée sous couverte émaillée turquoise manganèse et jaune. Époque des Ming.

202 — **Chine.** Coq debout peint rose et polychrome, très belle qualité. Époque de Kien-Long. — Haut., 16 cent.

203 — **Chine.** Paire de chiens de Fô, assis, l'un la patte sur une boule ajourée, l'autre accompagné d'un petit. Émaux jaune moutarde et vert. Époque des Ming. — Haut., 15 cent.

204 — **Chine.** Paire de chiens de Fô, couchés, émaux vert jaune et manganèse. Époque des Ming. — Haut., 12 cent.

205 — **Chine.** Chien de Fô, assis sur une terrasse

ronde à deux ceintures de points en relief, émaux vert jaune et manganèse. — Haut., 13 cent.

206 — **Chine.** Canard debout sur un rocher, les ailes à demi étendues, émaux marbrés et polychromes. Fabrique de la province de Fizen. — Haut., 16 cent.

207 — **Chine.** Paire de petites tasses posées sur des branchages ajourés, émaux flambés de Ki-Chu.

208 — **Chine.** Très petite potiche, la panse en céladon clair avec ceinture de fleurs au sommet en polychrome. Très curieux échantillon de l'époque des Ming.

209 — **Chine.** Petite boîte rectangulaire à angles tronqués, couverte vert turquoise, décorée de paysages en noir. Époque de Ta-Ming.

210 — **Chine.** Théière de forme balustre, décor polychrome de mollusques dans les eaux. Très belle qualité. Époque des Ming.

211 — **Chine.** Petit moutardier, décor poly-

chrome de fleurettes et cerf. Couvercle fêlé, monture en argent. Époque de Kien-Long.

212 — **Japon.** Paire de potiches forme balustre, décor polychrome rehaussé d'or à réserves, ornées de fleurs, papillons et fleurettes en relief; les couvercles supportant chacun une statuette de femme tenant un éventail. Très belle qualité.

213 — **Japon.** Très belle fontaine à reliefs de personnages, fleurs, ornements, décorés polychrome. Très belle qualité, le bouton du couvercle fracturé.

214 — **Chine.** Petit bol gravé sous couverte, émail vert avec bouquets polychromes.

215 — **Chine.** Joli petit bol, gravé sous couverte de fleurs et chevaux, émaux verts et polychromes. Très belle qualité. Époque des Ming.

216 — **Chine.** Petit bol avec plateau émail capucine, décor polychrome fleurs. Époque de Kien-Long.

217 — **Chine**. Trois tasses à sorbets à doubles anses émail capucine, décor polychrome fleurs (une plus grande que les autres). Mêmes qualité et époque que le numéro précédent.

218 — **Chine**. — Poisson formant bonbonnière, espèce dite rouget, dont les écailles sont rehaussées d'or; orné de fleurs en polychrome; le plateau en forme de feuille de lotus peint au naturel est orné d'une rose. Très belle qualité. Époque de Kien-Long.

219 — **Chine**. Très grande théière forme rouleau, à trois zones décorées de fleurs et chiens de Fô sur fond vert. (Fêlure.) Époque de Ming. — Haut., 42 cent.

220 — **Chine**. Vase forme balustre, à col court et orifice très étroit, surface noire burgautée représentant des paysages et personnages. Très belle qualité. Époque des Ming. Signature à la feuille.

221 — **Chine**. Très jolie petite potiche de forme ovoïde, fixée sur un plateau à lobes très accentués, décor rose chargé de stries décorés de réserves à filets bleus, renfermant des bouquets en or rechampi de rose. Très belle

qualité. Époque de Kien-Long. Pièce très curieuse.

222 — **Chine**. Très joli petit vase, forme balustre aplati, orné de deux anses verticales détachées et dorées; la surface à reliefs de fleurs, insectes et chauves-souris, peints au naturel sur fond granulé bleu; la panse ornée de réserves décorées en polychrome; scènes familières. Très belle qualité. Époque de Kien-Long. — Haut., 15 cent.

223 — **Chine**. Deux théières d'une très jolie forme, décor polychrome d'arbustes de pêcher. Belle qualité. Époque de Kang-Hi.

224 — **Chine**. Petite potiche, forme ovoïde, décorée sur la panse de bouquets; la partie inférieure, à relief de godrons peints roses, est ornée de fleurs et feuilles en relief. Belle qualité. Époque de Kien-Long.

225 — **Chine**. Écuelle ronde et son plateau, décor polychrome, rochers, fleurs et insectes. Belle qualité. Époque de Kang-Hi.

226 — **Chine**. Bonbonnière ronde; le couvercle, décoré polychrome, représente une femme assise. Époque de Kien-Long.

227 — **Chine.** Bol et plateau, bord contourné, godronné, décoré alternativement de parties en bleu fouetté, rehaussées de fleurs en or et de parties décorées de fleurs. Très belle qualité. Époque de Kang-Hi.

228 — **Chine.** Petit bol, fond rouge d'or, à réserves décorées de paysages sur des rouleaux. Très belle qualité, dite coquille d'œuf. Époque de Kien-Long. (Fêlure.)

229 — **Chine.** Écuelle ronde à anses horizontales, décorée intérieurement et extérieurement en polychrome de fleurs. Très belle qualité et décor. (Fêlure au couvercle.) Époque des Ming.

230 — **Chine.** Petit pot à lait, décoré polychrome sur la panse de fleurs et oiseaux au sommet, ainsi que sur le couvercle, sapèques à fond rose. Très belle qualité. Époque de Kien-Long.

231 — **Chine.** Autre de forme analogue, fond rouge d'or, laissant deux réserves en forme de feuilles décorées polychrome, fleurs et oiseaux. Belle qualité. Époque de Kien-Long.

232 — **Chine**. Autre de même époque, fond polychrome chargé de fleurs, avec réserves en forme de feuilles ornées de fleurs. Belle qualité. Époque de Kien-Long.

233 — **Chine**. Petite potiche de mêmes décor et qualité que le numéro 232.

234 — **Chine**. Écuelle de forme ronde à anses verticales, décor polychrome dit à caissons. Belle qualité. Époque de Kang-Hi.

235 — **Chine**. Petite théière quadrangulaire à angles tronqués, décor polychrome dit chrysanthemo-paeonien. Belle qualité. Époque des Ming.

236 — **Chine**. Petite théière en forme bonbonne, fond or quadrillé noir laissant des réserves décorées de bouquets. Très belle qualité. Époque de Kien-Long.

237 — **Chine**. Autre de même forme, décorée sur la panse d'une femme assise à laquelle des enfants présentent un lièvre. (Couvercle fêlé.) Très belle qualité. Époque de Kien-Long.

238 — **Chine.** Autre de même forme, décor noir, fond à sapèques laissant des réserves encadrées d'or à bouquets de fleurs en noir. Époque de Kien-Long.

239 — **Chine.** Petite théière décorée sur la panse en polychrome d'un sujet circulaire, paysages et personnages. Époque de Kien-Long.

240 — **Chine.** Petite théière et son plateau, formes octogonales, décorés polychrome de fleurs sur fond noir. Forme curieuse. Très belle qualité. Époque de Kang-Hi.

241 — **Chine.** Socle carré ajouré, fond corail décoré de fleurs polychromes et or. Époque de Kien-Long.

242 — **Chine.** Socle rond ajouré, décoré jaune et vert, avec dessins noirs.

243 — **Chine.** Deux petits pots à lait, mêmes décor et qualité que le numéro 221.

244 — **Chine.** Petite théière forme boule, ornée en relief de fleurs, feuilles, décor polychrome, la panse ornée de trois zones de godrons

peints rose et jaune. Très belle qualité. Époque de Kien-Long.

245 — **Chine.** Petite théière forme balustre surbaissé, ornée en relief de fleurs et d'un panier à surface réticulée, décorée polychrome; bouton du couvercle en cuivre doré. Très belle qualité. Époque de Kien-Long.

246 — **Chine.** Autre, de forme bonbonne, décorée polychrome de bouquets sur fonds réservés. Époque de Kien-Long.

247 — **Chine.** Deux théières de même époque, décor polychrome, fleurs et oiseaux.

248 — **Chine.** Autre, de forme ronde, décor polychrome à fond bleu vermicellé, laissant des réserves décorées de modèles. Très belle qualité.

249 — **Chine.** Théière de même forme, décorée sur la panse d'un personnage assis, polychrome. Époque de Kang-Hi.

250 — **Chine.** Rocher-pagode et personnages peints, polychrome. Fabrication de la province de Fizen.

251 — **Chine.** Paire de demi-vases porte-bouquets, à reliefs de fleurs et masque du chien de Fô, émaux vert et manganèse. Biscuit de porcelaine de même fabrication.

252 — **Chine.** Théière de forme quadrangulaire, angles tronqués, à double paroi, l'extérieur réticulé. Très belle qualité. Époque de Kien-Long.

253 — **Chine.** Moutardier forme balustre, le couvercle à ouverture ronde, décor polychrome, dragon vert et jaune. Époque des Ming.

254 — **Japon.** Bol droit ou sucrier, décor polychrome, fleurs de lotus rehaussées d'or.

255 — **Japon.** Paire de bols droits à oreillons horizontaux, décor bleu rouge et or, paysages. Belle qualité.

256 — **Japon.** Petite théière, fond rouge rehaussé d'or, avec réserves décorées de fleurs.

257 — **Chine.** Coupe à piédouche, décor polychrome, zone fleurs et panier de fleurs (bord

extérieur rogné). Belle qualité. Époque de Kang-Hi.

258 — **Chine**. Très belle tasse et soucoupe forme gobelet, à double paroi; la paroi intérieure peinte en bleu, l'extérieure réticulée, ornée de rosaces dorées et rouges. Très belle qualité. Époque de Kien-Long.

259 — **Chine**. Deux petits bols en forme de fleurs, avec reliefs de fleurs et feuilles, décor polychrome; les couvercles manquent.

260 — **Chine**. Petite théière forme balustre surbaissé, décor polychrome, fond corail chargé de réserves avec personnages.

261 — **Chine**. Porte-chapeau, surface émaillée noire avec ornementation burgautée, décor de paysage et fleurs. Très belle qualité. Époque de Kien-Long.

262 — **Chine**. Petite jardinière rectangulaire à gorge plus étroite que la panse, ornée en relief d'un dragon couché sur le sol.

263 — **Chine**. Petite potiche à thé, à décor

d'arabesques en noir cerclées d'or, laissant sur la panse deux réserves ornées de personnages en polychrome, la base à double paroi ornée de rinceaux dorés. — Haut., 15 cent.

264 — **Chine.** Petite potiche à thé, décorée sur la panse, à l'encre de Chine, d'une figure de saint Jean au désert, la base à double paroi de rinceaux dorés. Cette pièce porte l'inscription : *Johannes de Wolff PETREIL.* Époque Louis XV.

265 — **Chine.** Petit pot à lait, fond noir à sapèques, et réserve représentant une scène galante. Époque de Kien-Long.

266 — **Chine.** Autre, de même époque, orné, sur la panse, de personnages.

267 — **Chine.** Autre, de même époque, orné, sur la panse, de fonds or et rose, ornées de lettres entrelacées et de fleurs.

268 — **Chine.** Pot à lait et petite potiche à thé, de même époque, décors variés.

269 — **Chine.** Trois petits pots à lait, décors polychromes variés. Époque de Kien-Long.

270 — **Chine.** Salière hexagonale, décor bleu; la ceinture, réticulée, est supportée par trois pieds à masques chimériques.

271 — **Chine.** Paire de salières, décor bleu. Époque de Kang-Hi.

272 — **Chine.** Petit brûle-parfums de forme sphérique ajourée, émail vert.

273 — **Chine.** Encrier de forme sphérique, à orifice hexagonal, ainsi que les ornements qui le décorent, émail vert.

274 — **Chine.** Autre encrier forme sphérique, supporté par trois pieds et orné de fleurettes et feuilles.

275 — **Chine.** Encrier quadrangulaire à cinq ouvertures, décor polychrome de fleurs.

276 — **Chine.** Deux crapauds en biscuit de porcelaine, avec pointillés blancs; l'autre peint vert, à reliefs pointillés.

277 — **Chine.** Petit vase à panse sphéroïdale, col droit, anse détachée, émail bleu fouetté,

décoré de fleurs en or. Belle qualité. Époque de Thing-Hoa. — Haut., 11 cent.

278 — **Chine**. Autre, de même forme, à couvercle, décor d'arabesques en bleu. Époque de Kang-Hi. — Haut., 12 cent.

279 — **Chine**. Cache-pot forme évasée, émail turquoise foncée; craquelé. Très belle qualité. Époque de Kien-Long. — Haut., 16 cent.

280 — **Chine**. Autre, de forme analogue, à surface ornée de fleurs et feuillages gravés sous couverte et trois réserves ornées de paysages et fleurs en bleu.

281 — **Chine.** Petite bouteille, émail gros bleu flambé. Très belle qualité. — Haut., 15 cent.

282 — **Chine.** Autre, plus petite que la précédente, émail brun foncé.

283 — **Chine.** Bol de forme octogonale, lobé, décoré sur chacune de ses faces d'un épisode de l'histoire d'un philosophe. Très belle qualité. Époque de Kang-Hi. Pièce très intéressante.

284 — **Chine.** Autre, de même forme que le précédent, représentant l'histoire du même personnage. Belle qualité. Même époque. Signature différente. (Fêlure.)

285 — **Chine.** Autre, de décor polychrome, bords lobés, représentant les différents ordres de la nature, décor polychrome rehaussé d'or. Époque de Kang-Hi.

286 — **Chine.** Bol très évasé, décor jaune moutarde, avec fleurs gravées et polychromes. Époque de Kien-Long.

287 — **Chine.** Autre de même forme, plus petit que le précédent. Mêmes qualité et époque.

288 — **Chine.** Autre, de forme évasée, avec bord plat, décor bleu, sujets de personnages. Époque de Thing-Hoa.

289 — **Chine.** Autre, de forme octogonale, émail céladon craquelé, décor polychrome de bouquets de fleurs. Époque de Kang-Hi.

290 — **Chine.** Bol très évasé, décor polychrome extérieur, poissons et fleurs. Belle qualité. Époque de Kang-Hi.

291 — **Chine.** Bol hémisphérique, décor d'arabesques polychromes de goût indien. Époque de Kang-Hi.

292 — **Chine.** Deux bouteilles, décor bleu, arabesques et fleurs. Époque de Kang-Hi. — Haut., 22 cent.

293 — **Chine.** Vase forme rouleau. Haut., $0^m,23$. Ce vase, d'un décor curieux et d'une fabrication exceptionnelle, a la moitié de la panse, dans sa partie inférieure, émaillée céladon au grand feu; une ceinture brune limite cette partie. La partie supérieure est ornée de zones à lambrequins et d'arabesques irrégulières peintes en bleu. Qualité très rare. Époque de Kang-Hi.

294 — **Chine.** Bol, décor polychrome, fleurs sur fond capucine clair; l'intérieur du bol gravé sous couverte est décoré de fleurs en polychrome. Bonne qualité. Époque de Kang-Hi.

295 — **Chine.** Autre, de décor analogue au précédent, mais plus petit.

296 — **Chine.** Autre de forme évasée, émail de

fond manganèse avec fleurs gravées sous couverte. (Fêlure.)

297 — **Chine**. Autre plus petit, à couverte unie, vert de cuivre.

298 — **Chine**. Deux bols, décor noir et or, paysage. Époque de Kien-Long. Belle qualité. (Un fêlé.)

299 — **Chine**. Deux petits bols hémisphériques supportés par trois pieds, émail bleu empois.

300 — **Chine**. Deux petits bols, décor polychrome. Époque de Kien-Long.

301 — **Chine**. Deux autres de même époque, décors variés.

302 — **Chine**. Grosse bonbonnière de forme sphérique, à large ceinture plate, le couvercle ajouré, ornée de fleurs et feuillages, gravées et modelées sous couverte. Pièce cuite au grand feu à émaux gros bleu, vert et jaune, émaux flambés. Fabrication de la province de Kis-chu. Époque des Ming. — Haut., 22 cent.; diam., 26 cent.

303 — **Chine**. Vase forme balustre renversé, décoré sous couverte de personnages, paysages et arabesques en relief, fond gros bleu, et émaux turquoise, manganèse et jaune, flambés. Très belle qualité. Époque des Ming. Fabrication de Ki-chu. — Haut., 32 cent.

304 — **Chine**. Très grosse potiche, de mêmes époque et fabrication que les nos 302 et 303, ornée sur la panse de personnages, paysage et arabesques, gravés sous couverte, émaux flambés, monture en bronze doré de goût chinois. — Haut., 345 millim.

305 — **Chine**. Autre très belle potiche, de même époque et fabrication, ornée sur la panse d'arabesques du Fong-Hoang et fleurs, émaux flambés. Socle et couvercle en bois sculpté. — Haut., 345 millim.

306 — **Chine**. Tabouret de jardin, de mêmes époque et fabrication, forme tonnelet ajouré, décor de paysages et attributs, les anses formées par des masques de chien de Fô. Très belle qualité, émaux flambés. — Haut., 50 cent.

307 — **Chine**. Grande potiche à couvercle, forme

ovoïde allongé, décorée polychrome au sommet, ainsi que sur le couvercle, d'ornements dits lambrequins; sur la panse, de deux médaillons avec paysages. Très belle qualité. Époque de Kien-Long. — Haut., 51 cent.

308 — **Chine.** Grande potiche de même forme que la précédente, à surface lobée en reliefs formant caissons, décorés alternativement en bleu, de fleurs et personnages, le col orné d'une ceinture de fleurs. Le couvercle décoré dessous, le bord extérieur, d'une guirlande de fleurs. Très belle qualité. Signée du Ling-Tchy. Époque des Ming. — Haut., 63 cent.

309 — **Chine.** Paire de cornets à col évasé et panse renflée, décor bleu au col et à la base de palmettes; sur la panse, d'arabesques simulant des masques de chien de Fô. Epoque de Kang-Hi. — Haut., 42 cent.

310 — Paire de cornets à col évasé et panse en forme de balustre, décor bleu, fond quadrillé orné de huit réserves chargées de personnages. (Philosophes.) Époque de Kang-Hi. — Haut., 43 cent.

311 — **Chine.** Fontaine à accrocher, forme ba-

lustre, à dosseret, orné de dauphins et coquille. La surface côtelée, ainsi que le couvercle, est décorée de fleurs en bleu; à la partie inférieure, masque chimérique en relief. Quelques éclats au couvercle.

312 — **Chine.** Vase forme balustre, col évasé, émail bleu fouetté, orné de zones et dragons en or. Époque des Ming. — Haut., 43 cent.

313 — **Chine.** Bouteille à panse sphérique et col droit, émail bleu fouetté, ornée de zones, d'arabesques et fleurs. Même époque que le numéro précédent. Col tronqué. — Haut., 32 cent.

314 — **Chine.** Assiette creuse, décor polychrome, le marli à sapèques est orné d'insectes, le fond représente une scène familiale. Très belle qualité. Époque de Kien-Long.

315 — **Chine.** Assiette creuse, décor polychrome dit famille rose, le marli richement orné au centre, deux femmes lavant un enfant nu dans un bassin. Très belle qualité. Époque de Kien-Long.

316 — **Chine.** Compotier, décor polychrome,

arbuste orné de fleurs avec oiseau. Très belle qualité. Époque de Kien-Long.

317 — **Chine.** Compotier, décor polychrome représentant des femmes sous une verandah. (Petite fêlure.) Très belle qualité. Époque de Kien-Long.

318 — **Chine.** Compotier, décor noir dit à l'encre de Chine, représentant saint Jean au désert, avec l'inscription : *Johannes de Wolff Petreil.* Pièce de commande. Belle qualité. Époque de Kien-Long.

319 — **Chine.** Assiette creuse, décor polychrome, personnage, et compotier, décor dit de modèles. (Fêlé.) Époque de Kien-Long.

320 — **Chine.** Deux assiettes creuses, même époque, décor polychrome, fleurs.

321 — **Chine.** Deux compotiers, décor polychrome, fleurs et papillons. (Fêlés.)

322 — **Chine.** Deux assiettes creuses, décor polychrome, sujets de personnages divers.

323 — **Chine**. Deux soucoupes dont une à ombilic, décor polychrome, fond rose, et cinq palmettes noires.

324 — **Chine**. Deux autres, bords lobés à reliefs de feuillages, fleurs et ombilic décorés polychrome. Époque de Kien-Long.

325 — **Chine**. Deux petits plateaux hexagones, décor polychrome, l'un de modèles, l'autre armorié. Époque de Kien-Long.

326 — **Chine**. Deux autres de mêmes forme et époque ; décors polychromes variés.

327 — **Chine**. Deux autres de mêmes forme et époque, décors de paysage noir et or, et de personnages polychromes.

328 — **Chine**. Deux petits plateaux, forme hexagonale ovalaire, décorés polychrome, personnages et oiseaux.

329 — **Chine**. Deux autres de formes différentes, décors polychromes.

330 — **Chine**. Deux autres, rond et ovale, décors divers.

331 — **Chine**. Deux petits plateaux creux, ronds, décor polychrome. Époque de Kang-Hi.

332 — **Chine**. Deux assiettes émail capucine, décor polychrome, modèles et fleurs. Époque de Kang-Hi.

333 — **Chine**. Deux assiettes, décor plein polychrome, scènes de pêche. Époque de Kien-Long.

334 — **Chine**. Deux autres creuses, sur le marli ornements noir et or; au centre, une double armoirie en polychrome et or avec légende.

335 — **Chine**. Deux très belles assiettes, riche décor; le marli à fond rose orné de sapeques chargés de réserves à bouquets de fleurs; au centre, une scène familiale. Très belle qualité. Époque de Kien-Long.

336 — **Chine**. Deux autres, décor polychrome, le marli à fond or et réserves ornées de fleurs, d'or. Très belle qualité, de même époque.

337 — **Chine**. Deux autres creuses, riche décor polychrome, le marli à fond rose; fleurs et oiseaux. Époque de Kien-Long.

338 — **Chine.** Deux compotiers, décor polychrome rose imitant une fleur de lotus ; au centre, un paysage. Très belle qualité. Époque de Kien-Long.

339 — **Chine.** Deux très belles assiettes plates, décor polychrome, le marli à fond rose clair, décoré de sapèques, laisse trois réserves ornées de bouquets de fleurs ; au centre, dans une zone bleue, une divinité montée sur le cheval sacré apparaît à deux femmes. Très belle qualité. Époque de Kien-Long.

340 — **Inde.** Deux belles assiettes, le marli à zone vermicellée bleue ; au centre, un sujet allégorique représentant un char chargé de quatre personnages et précédé d'amours.

341 — **Chine.** Assiette à fond noir décoré de fleurs en polychrome ; au centre, un rouleau déployé décoré de fleurs. Très belle qualité. Époque de Kien-Long.

342 — **Chine.** Deux petits plats, décorés polychrome, sur le marli, à fond bleu clair de réserves ornées d'insectes, fleurs et fruits ; au centre, personnages sous un bosquet. Très belle qualité. Époque de Kien-Long.

343 — **Chine**. Deux assiettes, le marli décoré de groupes de fleurs en noir, rouge et or; au centre, armoirie polychrome rehaussée d'or.

344 — **Chine**. Deux petits plats, décor polychrome et or. Belle qualité. Époque de Kien-Long.

345 — **Chine**. Deux assiettes, décor polychrome, sur le marli, trois groupes de fleurs; au centre, princesse et sa suivante. Époque de Kien-Long.

346 — **Chine**. Deux assiettes creuses, très riche décor polychrome. Très belle qualité. Époque de Kien-Long.

347 — **Chine** Deux autres, décor polychrome, sur le marli, quatre groupes de fleurs; au centre, princesse assise recevant un placet.

348 — **Chine**. Assiette octogone, le marli à fond rouge d'or chargé de huit réserves décorées de fleurs; au centre, jeune femme et enfants. Très belle qualité : décor d'une grande délicatesse. Époque de Kien-Long.

349 — **Chine**. Assiette décorée polychrome, représentant un homme à cheval frappant une femme; près d'eux, un portefaix. Très belle qualité. Époque de Kien-Long.

350 — **Inde**. Très belle assiette, décor polychrome, rubans, cartouches, oiseaux; au centre, personnage monté sur un éléphant. Époque Louis XV.

351 — **Chine**. Petit plat creux, marli à relief bord contourné, décor polychrome, grenades et fleurs. Époque de Kang-Hi.

352 — **Chine**. Assiette, décor polychrome rehaussé d'or, fleurs, oiseaux. Époque de Kang-Hi.

353 — **Chine**. Plateau octogone, bord contourné, riche marli fond vert, décor polychrome, fleurs et fong-hoang. Époque des Ming.

354 — **Chine**. Plat creux, décor polychrome; au centre, rosace à fond vert décorée de fleurs, et entouré de quatre groupes, fleurs et arbustes. Belle qualité. Époque de Kang-Hi.

355 — **Chine**. Autre à surface godronnée, décor polychrome d'arbustes entourant une rosace renfermant un panier de fleurs.

356 — **Chine**. Assiette plate gravée sous engobe, décor polychrome, sur le marli, fleurs; au centre, un bouquet. Belle qualité. Époque de Kien-Long.

357 — **Inde**. Plat, décoré sur le marli en supra blanco gravé; au centre, paysage et personnage européen faisant ranger des ballots.

358 — **Chine**. Plat creux, décor polychrome de zones chargées de fleurs; au centre, fleurs et fong-hoang. Belle qualité. Époque des Ming.

359 — **Chine**. Plat émail céladon, ton isabelle, décoré or et noir, ornements et guirlande.

360 — **Chine**. Deux compotiers, décor imitant une fleur de lotus en bleu vert d'eau chargé de réserves décorées ainsi que le centre de bouquets noir et or. Époque de Kien-Long.

361 — **Chine**. Deux assiettes plates, riche décor

polychrome, le marli à fond de différents tons est orné de réserves décorées de fleurs et de quatre cartouches fond corail orné d'or; au centre, une femme assise jouant du Taki-Koto. Très belle qualité. Époque de Kien-Long.

362 — **Chine**. Deux assiettes creuses; au centre, cartouche orné d'un chiffre et d'ornements de goût rocaille.

363 — **Chine**. Deux autres plates, décor polychrome. Époque de Kien-Long.

364 — **Chine**. Deux belles assiettes, décor polychrome, le marli, avec fleurs, attributs dits de modèles; au centre, cavalier, pagode et modèles. Très belle qualité. Époque de Kang-Hi.

365 — **Chine**. Deux autres creuses, décor polychrome, marli à fleurs et feuilles; au centre, rocher, bambous et gazelle.

366 — **Chine**. Plat, le marli décor bleu, fleurs et feuilles; au centre, paysage avec construc-

tion au bord d'un cours d'eau. Époque de Kien-Long.

367 — **Chine.** Plat, décor bleu, le marli à guirlandes; au centre, armoirie.

368 — **Chine.** Autre, le marli à décor bleu; au centre, paysage noir à rehauts d'or.

369 — **Chine.** Plat, décor polychrome, le marli à fleurs et feuillages; au centre, bouquet de fleurs.

370 — **Chine.** Plat, décor polychrome, le marli à différents tons; au centre, bouquet de fleurs. Époque de Kien-Long.

371 — **Chine.** Plat creux, décor polychrome, panier de fleurs. Époque de Kang-Hi.

372 — **Chine.** Deux petits plats, décor bleu, marli à réserves décorées de fleurs, fruits et insectes; au centre, personnages sous un bosquet.

373 — **Chine.** Plat, décor bleu, fleurs et oiseaux.

374 — **Inde**. Deux assiettes, bord contourné et moulures en relief sur le marli; au centre, pastorale en polychrome dans le goût de Lancret. Pièces de commande; belle qualité.

375 — **Chine**. Deux plats, bord festonné et marli godronné, décor à la haie et au tigre. Très belle qualité. Époque de Kang-Hi.

376 — **Chine**. Plat, décor polychrome, le marli à quatre réserves décorées des choses précieuses; au centre, arbuste, fleurs et oiseaux. Époque des Ming. (Signé des deux poissons.)

377 — **Chine**. Plat à marli étroit, décor polychrome, sur le marli, de sapèques; au centre, d'un fond rouge quadrillé polychrome. Très belle qualité. Époque des Ming. Signé du Ling-Tchy. — Diam., 27 cent.

378 — **Chine**. Grand compotier à marli rose d'or laissant huit réserves décorées de bouquets de fleurs; au centre, sujet polychrome représentant une princesse assise à laquelle deux enfants présentent un album. Très belle qualité. Époque de Kien-Long. — Diam., 27 cent.

379 — **Chine**. Grand plat, décor polychrome, le marli à dessins de rosaces rouges et fong-hoang en polychrome; au centre, un bâtiment par la fenêtre duquel l'on voit une scène familière. Très belle qualité. Époque des Ming. — Diam., 36 cent.

380 — Deux plats creux, décor polychrome de zones de fleurs, arabesques; au centre, fleurs sur quadrillé fond rouge, décorés extérieurement. Bonne qualité. Époque des Ming. — Diam., 32 cent.

381 — Deux autres de décor analogue, fond blanc et rouge, décorés extérieurement. Très belle qualité. Même époque. — Diam., 43 cent.

382 — **Chine**. Beau plat creux, décor polychrome, sur le marli, d'une zone quadrillée à fond vert, chargée de quatre réserves, ornées de papillons et sauterelles; au centre, deux femmes dont l'une présente des grenades à sa compagne; décoré extérieurement. Belle qualité. Époque de Kang-Hi. — Diam., 37 cent. 1/2.

383 — **Chine**. Deux plats, décor polychrome dit

aux attributs de mariage; sur le marli, de divinités : hommes et femmes debout sur des poissons et dragons, au milieu des flots; au centre, des allégories de la reproduction. Très belle qualité. Époque de Kang-Hi. — Diam., 32 cent.

384 — **Chine**. Grand plat, décor polychrome, orné, sur le marli, de quatre groupes de fleurs; au centre, d'une scène représentant deux princesses dans un char et d'un cavalier les quittant. Très belle qualité. Époque de Kien-Long. — Diam., 43 cent.

385 — **Chine.** Deux assiettes, décor polychrome où le rose domine; le marli, à quatre réserves ornées de fleurs ; au centre, une rosace. Bonne qualité. Époque de Kien-Long.

386 — **Chine.** Deux petits plats, décor polychrome où le rouge domine ; le marli, orné de huit réserves alternées de personnages et oiseaux ; au centre, une princesse et sa suivante tenant un parasol. Belle qualité. Époque de Kien-Long.

387 — **Chine.** Compotier, décor polychrome,

zone d'ornements verts sur fond corail; au centre, personnage à cheval. — Diam., 28 cent.

388 — **Inde.** Grand plat; le marli décoré noir d'ornements de goût rocaille et paons; le centre en supra blanco gravé et armoirie polychrome. Très belle qualité. Époque Louis XV. — Diam., 35 cent.

389 — **Inde.** Autre, de même époque et qualité, décoré sur le marli de fleurs et branchages or et bleu; au centre, une double armoirie polychrome et or. Belle qualité. — Diam., 35 cent.

390 — **Inde.** Deux petits plats, bord contourné doré, décor polychrome de coquillages, d'une armoirie à fond bleu, chargée de deux poissons d'or passant, et d'étoiles placées deux en chef, une en pointe. Epoque Louis XV. — Diam., 24 cent.

391 — **Chine.** Grand plat, décor polychrome; le marli, à fond vermicellé rouge d'or, est orné de cinq réserves chargées de roses; au centre, arbre chargé de fleurs. Très belle qualité. Époque de Kien-Long.

392 — **Chine**. Compotier à bords presque verticaux, décor polychrome où le vert domine, zone semée de fleurs; au centre, rocher, fleurs et oiseaux. Belle qualité. Époque de Kang-Hi. — Diam., 23 cent.

393 — **Chine**. Grand plat rond, décor polychrome où le vert domine, orné d'une zone extérieure chargée de six réserves; au centre, scène de personnages avec Cheou-Lao. Très belle qualité. Époque des Ming. — Diamètre, 35 cent.

394 — **Chine**. Grand plat creux, décor polychrome; sur le marli, de quadrillés rouges et de réserves ornées de fleurs; au centre, rochers, arbustes, fleurs et oiseaux. Époque de Kang-Hi. — Diam., 34 cent.

395 — **Chine**. Autre, décor polychrome; au centre, paysage et autruches. Belle qualité. Époque de Kang-Hi. — Diam., 35 cent.

396 — **Inde**. Plat, décoré sur le marli de quatre bouquets bleus et noirs; au centre, de poissons. Époque Louis XV. — Diam., 38 cent.

397 — **Chine**. Surtout composé de dix-neuf

pièces, décor polychrome vert; chaque plateau représente un cheval bleu et des fleurettes. Très belle qualité, dite émaillée sur biscuit. Époque des Ming. — Diam., 47 cent.

398 — **Chine.** Autre, de dix-neuf pièces émaillées de même, à fleurs de pêcher. Mêmes qualité et époque. — Diam., 44 cent.

399 — **Chine.** Autre, de sept pièces, décoré vert, jaune et manganèse orné de roseaux, feuilles et fleurs de lotus. Mêmes qualité et époque. — Diam., 45 cent.

400 — **Chine.** Petit plat, bord contourné, décor polychrome; le marli orné d'attributs de lettrés; au centre, mêmes attributs et vase contenant des fleurs. Époque de Kang-Hi. — Diam., 26 cent.

401 — **Chine.** Compotier, décor bleu; le marli, quadrillé, est orné de réserves, alternativement décorées d'insectes, fruits et fleurs; au centre, bosquet avec personnages.

402 — **Chine.** Plat, décor bleu; le marli orné d'arabesques; le centre, d'une chasse au lièvre. Époque de Ta-Ming.—Diam., 28 cent.

403 — **Chine**. Compotier, émail bleu fouetté, décor or, fleurs. Très belle qualité. Époque de Kang-Hi. Signé à la pierre. — Diamètre, 27 cent.

404 — **Chine.** Deux autres, émail bleu fouetté, à cinq réserves décorées de fleurs en bleu. Mêmes époque et signature. — Diam., 21 cent.

405 — **Chine**. Deux compotiers, décor polychrome, fleurs, bouquets et rosaces. Époque de Kang-Hi.

406 — **Chine.** Autre, décor polychrome, fleurs. Belle qualité. Même époque.

407 — **Chine.** Autre, de même époque et qualité, décoré de six bouquets et d'une rosace. Signé d'une rose.

408 — **Inde**. Deux assiettes, décor rouge, bleu et or, représentant, au centre, danseur et danseuse. Décor curieux. Époque Louis XV.

409 — **Chine**. Compotier, bord contourné; le marli, à pois rouge, orné de réserves déco-

rées, ainsi que le centre, de bouquets de fleurs.

410 — **Inde.** Deux belles assiettes creuses, décorées, sur le marli, de quatre cartouches représentant des paysages en noir et rouge d'or; au centre, port de mer avec personnages européens. Belle qualité. Époque Louis XV.

411 — **Chine.** Compotier à dix caissons blancs et bleus alternés, décorés de fleurs et rosaces.

412 — **Chine.** Trois compotiers, décors polychromes divers.

413 — **Chine.** Trois assiettes creuses, décors polychromes divers, personnages et fleurs.

414 — **Chine.** Deux assiettes, famille rose, décors divers.

415 — **Inde.** Assiette, décor polychrome; le marli orné de coquilles; le centre, d'un paysage, port de mer avec personnages européens. Échantillon curieux.

416 — **Chine**. Deux belles assiettes, décor polychrome, personnages. Époque de Kien-Long.

417 — **Chine**. Belle assiette, riche décor polychrome où l'or domine; au centre, très belle armoirie. Échantillon superbe.

418 — **Chine**. Deux autres, décor polychrome; le marli, à fond rosé, laisse quatre réserves décorées de fleurs; au centre, belles armoiries. Époque de Kien-Long.

419 — **Chine**. Deux assiettes, décor polychrome, fleurs aquatiques et enfant.

420 — **Inde**. Assiette, décor supra blanco gravé, laissant sur le marli trois réserves, en forme de feuilles, décor polychrome, fleurs et oiseaux. Très belle qualité.

421 — **Chine**. Plat, décor polychrome; au centre, coq chantant. Très belle qualité. Époque de Kien-Long. — Diam., 28 cent.

422 — **Japon**. Autre, décor bleu, rouge et or; sur le marli, fleurs; au centre, femme debout près d'une brouette portant un vase de fleurs. Très belle qualité. — Diam., 27 cent.

423 — **Japon.** Deux compotiers de forme octogonale, riche décor polychrome bleu, rouge et or, chaque pan de l'octogone ajouré à treillis alterné blanc et or. Très belle qualité. — Diam., 29 cent.

424 — **Japon.** Autre plus petit, de mêmes forme, décor et qualité que les précédents. — Diam., 23 cent.

425 — **Chine.** Assiette émail bleu de Perse rehaussé d'or, fleurs et corbeille. Belle qualité. Époque des Ming.

426 — **Japon.** Deux petits compotiers, bords lobés, riche décor polychrome chrysanthemo-paeonien; au centre, paysage et fleurs.

427 — **Inde et Chine.** Quatre assiettes, décors variés.

428 — **Chine.** Quatre plats, décor bleu. Époque de Kang-Hi. — Diam., 26 cent.

429 — **Chine.** Quatre autres plus petits, dont deux à ombilic.

430 — **Chine.** Trois autres, décor bleu, dont un en forme de fleur de lotus.

431 — **Inde.** Petit plat ovale à reliefs rocaille, décor polychrome. Époque Louis XV.

432 — **Chine.** Potiche, fond céladon capucine, décor polychrome sur la panse de groupes de personnages. (Petite fêlure à l'orifice.) Très belle qualité. Époque des Ming. — Haut., 34 cent.

433 — **Chine.** Cornet à ouverture évasée et panse sphérique, décor bleu de chiens de Fô. Époque de Kang-Hi. — Haut., 32 cent.

434 — **Chine.** Deux tasses et soucoupes, forme cul de poule, décor polychrome, fond or quadrillé, à cinq réserves ornées de bouquets. Très belle qualité. Époque de Kien-Long.

435 — **Chine.** Tasse et soucoupe de même forme, fond or à fleurs et personnages. Très belle qualité. Époque de Kien-Long.

436 — **Chine.** Autre de même forme, très beau décor, jeune femme à sa toilette. Très belle qualité. Époque de Kien-Long.

437 — **Chine.** Autre de même forme, décor polychrome représentant une jeune femme et enfant. Très belle qualité. Époque de Kien-Long.

438 — **Chine.** Autre tasse de même forme, fond extérieur vert noir chargé de fleurs de pêcher. Monture en argent doré. Qualité exceptionnelle. Époque des Ming (signée du Lang-Tchy).

439 — **Chine.** Très belle tasse de même forme, décor polychrome, coqs et fleurs. Bel échantillon. Époque de Kien-Long.

440 — **Chine.** Autre de même forme, très riche décor polychrome, fond or à trois réserves ornées de bouquets; au centre, panier de fleurs et cédrats. Très bel échantillon. Époque de Kien-Long.

441 — **Chine.** Autre de même forme, décor noir à sapèques; au centre, oiseaux et fleurs. Mêmes qualité et époque.

442 — **Chine.** Tasse et soucoupe même forme, fond rouge d'or granulé dit peau d'orange laissant des réserves en forme de feuilles décorées de fleurs en bleu. Très belle qualité. Époque de Kien-Long.

443 — **Chine.** Autre de même forme, fond rouge d'or à réserves, ornées sur la soucoupe de personnages et sur la tasse de paysages sur des rouleaux déployés. Très belle qualité. Époque de Kien-Long.

444 — **Chine.** Tasse et soucoupe, même forme, personnages en polychrome. Belle qualité. Époque de Kien-Long.

445 — **Inde.** Deux tasses et soucoupes, décor dit à l'encre de Chine représentant saint Jean.

446 — **Inde.** Deux tasses et soucoupes, décor polychrome; les tasses à reliefs imitant une rose, les soucoupes décorées de même à reliefs de branchages et feuillages peints vert. Très belle qualité. Époque de Kien-Long.

447 — **Inde.** Deux autres, décor polychrome; les tasses et soucoupes à surfaces godron-

nées et à reliefs de fleurs et branchages formant les supports. Mêmes époque et qualité que le numéro précédent.

448 — **Inde.** Deux autres, décor polychrome fleurs, fond extérieur capucine décoré de même. Belle qualité.

449 — **Inde.** Deux autres, mêmes décor et qualité que le numéro précédent.

450 — **Inde.** Deux autres, décor bleu et armoirie dorée avec écureuil. Époque de Kien-Long.

451 — **Inde.** Deux autres, décor polychrome, or rose et polychrome, simulant des éventails ouverts; au centre, un coq. Belle qualité. Époque de Kien-Long.

452 — **Chine.** Deux tasses et soucoupes, décor polychrome à émaux en relief imitant une fleur. Décor très original. Époque de Kien-Long.

453 — **Chine.** Deux autres, décor intérieur en bleu fleurs, extérieur capucine, décor polychrome, fleurs. Époque de Kang-Hi. Signées de la perle.

454 — **Chine**. Deux autres, décors polychromes, personnages. Époque de Kien-Long.

455 — **Chine**. Deux autres, bord contourné, décor polychrome : coqs combattant et fleurs. Très belle qualité. Époque de Kien-Long.

456 — **Chine**. Deux autres plus petites, même forme, décor or, personnages et buffle. Mêmes qualité et époque.

457 — **Chine**. Deux autres, même forme, personnages et animaux sacrés. Mêmes décor, qualité et époque.

458 — **Chine**. Deux autres de même forme, décor polychrome : femme et enfant jouant avec un rat. Belle qualité. Époque de Kien-Long.

459 — **Chine**. Deux tasses et soucoupes à godrons concaves, bord dentelé, décor polychrome : personnages. Très belle qualité. Époque de Kien-Long.

460 — **Chine**. Deux autres, même forme, décor

polychrome : paysage et personnages. Mêmes qualité et époque.

461 — **Chine.** Deux autres, décor de paysage noir et or. Même époque.

462 — **Chine.** Deux petites tasses et soucoupes, décor polychrome : zones de fleurs, à fond corail rehaussé d'or ; au centre, enfant ailé dans des fleurs. Époque de Kien-Long.

463 — **Chine.** Deux autres, fond extérieur noir semé de fleurs de pêcher rouge et or. Même époque.

464 — **Chine.** Deux tasses, l'une de décor polychrome représente dans des caissons des enfants jouant ; l'autre, décor or et argent, fleurs et oiseaux Très belle qualité. Époque de Kien-Long.

465 — **Inde.** Deux tasses, décor noir et tacheté de couleur, pastorales.

466 — **Chine.** Deux autres, décor polychrome à palmettes de différents tons, ornées de fleurs. Époque de Kien-Long.

467 — **Chine**. Deux autres, décor polychrome : fleurs. Époque de Kang-Hi. Signées de la pierre.

468 — **Chine**. Deux autres, forme octogonale contournée, décor rouge et or, bouquets de fleurs.

469 — **Inde**. Tasse et soucoupe, décor noir, représentant un évêque officiant. Échantillon curieux.

470 — **Chine**. Deux tasses forme gobelet et soucoupes forme quadrangulaire, angles tronqués, décor polychrome : fleurs; les angles à fond noir. Époque de Kien-Long.

471 — **Chine**. Deux autres à bords festonnés; la surface extérieure à reliefs, décor bleu. Époque de Kang-Hi.

472 — **Chine**. Deux tasses et soucoupes, décor polychrome, fond or quadrillé noir, avec réserves ornées de coqs. Très belle qualité. Époque de Kien-Long.

473 — **Chine**. Deux autres, décors variés. Même époque.

474 — **Chine**. Deux autres, décors variés. Même époque.

475 — **Chine**. Deux autres, décors variés. Même époque. Très beaux décors.

476 — **Chine**. Deux autres, décor rose, formes différentes.

477 — **Chine**. Deux autres, forme gobelet à couvercle, décor polychrome : fleurs.

478 — **Chine**. Deux autres, décors polychromes différents.

479 — **Chine**. Deux autres, décors polychromes : fleurs.

480 — **Chine**. Deux autres, décors polychromes : fleurs, forme gobelets.

481 — **Chine**. Deux autres, décors polychromes : fleurs et oiseaux.

482 — **Chine**. Deux autres, décor noir : chasse et personnages.

483 — **Chine**. Deux autres, forme droite à anses, décor : paysages et fleurs.

484 — **Chine**. Deux autres, oiseaux, haie et fleurs.

485 — **Chine**. Deux autres, fond capucine, décor polychrome et fleurs en bleu.

486 — **Japon**. Deux autres, fond rouge et or.

487 — **Japon**. Deux autres, fond rouge et or. (Une fêlée.)

488 — **Chine**. Deux autres, décors polychromes variés.

489 — **Chine**. Deux autres, décors polychromes variés.

490 — **Chine**. Deux autres, décors polychromes variés.

491 — **Chine**. Deux autres, décors polychromes variés.

492 — **Chine**. Deux autres, décors polychromes variés.

493 — **Chine**. Deux autres, décors polychromes variés.

494 — **Chine**. Deux autres, décors polychromes variés.

495 — **Chine**. Deux autres, décors polychromes variés.

496 — **Chine**. Deux autres, décors polychromes variés.

497 — **Chine**. Deux autres, décors polychromes variés.

498 — **Chine**. Deux autres, décors polychromes variés.

499 — **Chine**. Deux autres, décors polychromes variés.

500 — **Chine**. Deux autres, décors polychromes variés.

FAIENCES ANCIENNES

501 — **Marseille.** Jardinière forme demi-lune ornée de pilastres cannelés, d'une guirlande en relief de feuillages, et à la base d'une rangée de piastres, la face principale est décorée polychrome d'une vue de port de mer, avec ruines et personnages ; les médaillons latéraux représentent des paysages avec personnages. (Petite fêlure.) La peinture centrale est signée *Divivier Pinxit.* Très belle qualité. Époque Louis XVI. (Petite réparation à deux pieds.) — Long., 29 cent. ; haut., 12 cent.

502 — **Rouen.** Seau à oreillons horizontaux formant coquille, riche décor bleu dit à lambrequins. Très belle qualité.

503 — **Rouen.** Deux assiettes, bord contourné, décor bleu, le marli orné de guirlandes de fleurs et cartouches pointillés ; au centre, corbeille de fleurs et draperies.

504 — **Strasbourg.** Deux corbeilles ovales, extérieur à relief de vannerie décorées vert et rose, l'intérieur semé de bouquets polychromes.

505 — **Delft**. Plat rond, décor bleu ; au centre : chasse au lièvre.

506 — **Delft.** Deux potiches décor bleu, personnages goût chinois. — Haut., 38 cent.

507 — **Angleterre**. Compotier, décor d'impression en couleur, par Sadlet.

508 — **Urbino**. Plat drageoir, décor polychrome. Scène allégorique tirée de l'apocalypse de Saint Jean. — Diam., 225 millim.

509 — **Castelli.** Petit plateau, décor polychrome, sur le marli, amours, fleur et masques ; au centre, femme présentant un miroir à un jeune homme. — Diam., 16 cent. 1/2.

510 — **Suite de Palissy**. Coupe ovale terre vernissée marbrée à reliefs de masques d'anges ; au centre, mascarons divers.

511 — **Terre de Lorraine.** Crébillon ; buste. Haut., 33 cent.

ÉMAUX DE VENISE

512 — **Venise.** Deux coupes drageoirs, marli émaillé bleu avec ornements or, et imitant des pierres de couleur, centre émaillé blanc et bleu. Travail du XVIe siècle. Revers émaillé de même, portant le monogramme A surmonté de la croix de Saint-André.

OBJETS DIVERS

513 — **École française.** Bacchanale d'amours, fort jolie peinture sur émail. Époque Louis XVI.

514 — Bague en or, le chaton orné d'une peinture imitant un camée de cornaline; peint dans la manière de Degault.

515 — **École française.** Portrait de femme, miniature sur émail. Époque du Directoire.

516 — Étui en écaille piquée d'or, garniture en or. Époque Louis XVI.

517 — Flacon, garni en or ciselé, beau travail de l'époque Louis XVI.

518 — Bonbonnière carrée en porcelaine de Saxe, décorée extérieurement et intérieurement de sujets d'après Lancret. Très belle qualité. Époque Louis XV. Monture en argent doré.

519 — Bonbonnière rectangulaire, en porcelaine de Saxe, sujets d'après Lancret, en camaïeu vert. Époque Louis XV. (Fêlure au couvercle.)

520 — Bonbonnière ovale, porcelaine ancienne de Paris, décor polychrome rubans, fleurs et oiseaux. (Manque le couvercle.)

521 — Bonbonnière ovale, bronze ciselé et doré. Travail chinois.

522 — Boîte en vieux laque aventuriné, avec paysages en laque d'or. Travail chinois.

523 — Autre en vieux laque aventuriné, avec paysages en laque d'or. Travail chinois.

524 — Autre en laque noir, avec paysages en laque d'or. Travail chinois.

525 — **Jade gris**. Petite coupe à anses verticales. Travail chinois.

526 — Deux profils de Henri IV et Sully, bronze doré.

527 — Cuiller en bois sculpté, représentant en bas-relief l'histoire de Jésus-Christ.

528 — Paire de petits vases, forme Médicis; en porphyre vert.

529 — Paire de vases porcelaine ancienne de Chine avec belle monture en bronze ciselé et doré de style Louis XV.

530 — Paire de flambeaux en cristal de roche. Travail de l'époque Louis XVI.

PENDULES ET CARTELS

531 — Grande et belle pendule de l'époque Louis XIV, en marqueterie de cuivre et d'écaille dite de Boulle; ornée de bronzes ciselés et dorés. Mouvement signé Garnier, à Paris. Le socle de même style est orné de bronzes ciselés et dorés. Travail moderne. — Haut., 89 cent.

532 — Jolie pendule de l'époque Louis XVI, marbre blanc et bronze doré, sujet représentant l'Amour et l'Amitié. Très bien ciselée et dorée. Signée Filon, à Paris.

533 — Pendule de même époque, surmontée d'une statuette de Diane, bien ciselée et dorée.

534 — Cartel de l'époque Louis XVI, petit modèle à guirlandes de feuillages.

535 — Paire de bras à deux lumières, modèle au caducée, les rinceaux bien ciselés. Dorure du temps. Travail de l'époque Louis XVI.

536 — Petit cartel de l'époque Louis XVI, modèle au fût cannelé et à guirlandes de feuillages. (Dorure moderne.) Bronze signé Osmond, mouvement signé Tavernier à Paris.

BRONZES D'ART ET D'AMEUBLEMENT

537 — Paire de beaux candélabres à trois lumières; les socles et les branches en bronze doré, les figures en bronze vert. Travail de l'époque Louis XVI. — Haut., 79 cent.

538 — L'Innocence; statuette bronze. Époque Louis XVI. Elle est représentée debout, tenant une colombe. Socle en stuc avec base en bronze doré. — Haut., 46 cent.

539 — Paire de chevaux se cabrant, sur socles en porphyre vert. Haut., 22 cent.

540 — Cheval debout marchant, bronze du XVIIIe siècle, sur socle en bois, orné de guirlandes en bronze doré.

541 — Esclave attaché à un tronc d'arbre. Statuette bien ciselée. Haut., 19 cent.

542 — Petit buste : Tête de guerrier. Bronze du xviie siècle.

543 — Chien en arrêt et perdrix.
Renard et faisan.
Deux beaux groupes, époque Louis XV, socles en granit de Suède.

544 — Paire de vases sur socles carrés dorés. Travail de l'époque du premier Empire. — Haut., 30 cent.

545 — Paire de flambeaux de l'époque Louis XVI, modèle à balustre, bien ciselés et dorés.

546 — Paire de beaux chenets de l'époque Louis XIV, modèle aux enfants assis sur des chiens, bien ciselés et dorés.

547 — Paire de beaux chenets de l'époque Louis XVI, à galerie en bronze doré surmontée de lions debout.

MEUBLES ANCIENS

548 — Bureau à cylindre de l'époque Louis XVI, acajou moucheté, pieds cannelés ; orné de jolis bronzes ciselés et dorés. Fort joli meuble en bel état de conservation.

549 — Petit bureau plat de l'époque Louis XVI, acajou moucheté, à pieds cannelés.

550 — Meuble à deux corps et à fronton. Travail de l'époque Louis XIII.

551 — Haut de meuble de même époque, en chêne sculpté.

552 — Autre de l'époque Louis XIII, chêne et ébène. Travail flamand.

553 — Petit guéridon à étagère, la tablette supérieure ornée d'un bouquet de fleurs, en marqueterie de bois. Époque Louis XIV.

554 — Table à ouvrage de l'époque Louis XV, en bois de placage dit bois de violette. Très jolie forme.

555 — Paire de petites torchères en acajou sculpté, à trois pieds. Travail de l'époque Louis XVI. — Haut., 1 m. 15 cent.

556 — Petite table dite tricoteuse. Époque Louis XVI.

557 — Tabouret de l'époque Louis XIII.

TAPISSERIES ANCIENNES

557 — Grande verdure avec ses bordures, fabriques de Flandre. Époque Louis XIV. — Haut., 3 m.; larg., 5 m. 75 cent.

558 — Trois fragments de tapisseries à personnages (tissées d'or). Époque Louis XIV.

559 — Belle verdure de même époque.

560 — Série de quatre panneaux représentant des vases et des paniers de fleurs alternés. Ces quatre tapisseries n'ont que des bordures verticales. Elles mesurent 13 mètres.

561 — Verdure de l'époque Louis XIV. — 3 m. 60 cent.

7100 —

562 — Autre, mesurant 3 m. 65 cent.

563 — Portière verdure de l'époque Louis XIII, avec personnage chassant au faucon (tissée d'argent).

564 — Autre représentant un concert sous bois (tissée d'argent).

565 — Autre représentant une femme assise sur un rocher.

www.ingramcontent.com/pod-product-compliance
Ingram Content Group UK Ltd.
Pitfield, Milton Keynes, MK11 3LW, UK
UKHW020927180726
13838UKWH00002B/809

9 782329 359359